Ne te détourne pas, par lâcheté, du désespoir. Traverse-le.
C'est par-delà qu'il sied de retrouver motif d'espérance.
Va droit, passe outre.
De l'autre côté du tunnel,
tu retrouveras la lumière.

André Gide

Mai • 250 kilomètres entre le **Désespoir** et l'**Espoir**

KM0

Le Désespoir. Commune de Saint-Germain (Vienne). Larousse : « Désespoir : perte de l'espérance. Abattement. Affliction. »

Je suis allé du Désespoir à l'Espoir à pied. Le Désespoir est un lieu-dit situé dans la Vienne. L'Espoir en est un autre situé dans le Maine-et-Loire. 250 kilomètres les séparent ; je les ai parcourus à pied, au plus près d'une ligne droite tracée sur la carte.

J'ai beaucoup hésité avant de partir vers l'Espoir. En effet, je ne suis pas spécialement porté vers l'espérance. Ce n'est déjà pas si facile d'être dans l'espoir : si, en plus, il faut y aller… Je n'avais rien non plus contre une traversée entre la Folie et la Sagesse, dont l'implacable ligne droite tracée sur la carte me plaisait beaucoup. Cela dit, après les aléas des 600 kilomètres entre la Haine et l'Amour, je désirais quelque chose de plus facile ; je rêvais de la Loire comme un fil conducteur le long duquel je me laisserais aller. Je me voyais marcher à ses côtés, à son rythme, exactement, comme si le fleuve m'accompagnait. J'espérais, je l'avoue, des cieux enfin cléments. Et les deux mots « douceur angevine » revenaient sans cesse à mon esprit comme quelque chose qu'il fallait vérifier. Qu'y a-t-il donc de si doux, vers Angers, qui légitime une telle promesse ? Je suis donc allé au Désespoir où je n'ai trouvé personne. Et j'ai continué vers le nord-ouest en suivant le cours des rivières. Tout droit, toujours tout droit. J'ai longé l'Anglin, la Creuse, la Vienne et la Loire. J'ai arpenté la campagne poitevine, bu de l'eau thermale à la fontaine de La Roche-Posay et surpris cerfs et sangliers dans la forêt de la Guerche. J'ai évité les vipères sur les voies de chemin de fer désaffectées, chassé les moustiques dans les bras inondés de la Loire, traversé des rivières sur des ponts rongés par la rouille, croisé les premiers touristes, *Guide Michelin* en main. J'ai même, je l'avoue, visité un château un jour de déprime. J'ai croisé Yvette, Armelle, Claude, Marcelline et Aurore, Pierre et Philippe, Jeanne, Marianne, Marcel, Paulette et René, Jean-Pierre et Cathy, Françoise et Gilles ; je me suis adressé à eux et ils m'ont répondu. J'ai dormi dans des châteaux forts, des « Logis de France » aux normes nouvelles, des hôtels de préfecture sans normes du tout ; dans des grands lits, dans des petits lits (mais toujours seul). Et j'ai trouvé l'Espoir. Il était bien là, sous mes yeux, avec ses bâtiments, ses champs, ses veaux et son étang. Il était bien là, avec des gens dedans, des gens si gentils.

Tout près du Désespoir. Km 0. **Yvette, parisienne de naissance, est venue se mettre au vert à la campagne.** Elle vit seule et aime les oiseaux et la nature, qu'elle adore parcourir à pied. Elle a longtemps travaillé auprès des enfants.
Dans le bus en route vers la halte qui dessert le Désespoir (on peut aller au Désespoir en bus, mais, d'après le chauffeur, personne ne demande jamais l'arrêt). Campagne au travers des vitres. Premières feuilles aux chênes. Printemps.

[On dit que l'espoir fait vivre. Est-ce que c'est vrai ?]

Ah, oui, c'est vrai ! C'est une formule, oui, mais si l'on n'est pas en forme, sans pour autant relever de la psychiatrie, ou si l'on est dans le mal-être, il faut absolument se faire aider et croire que cela peut changer les choses et… *(Silence.)* Voulez-vous me répéter la question ? […] Je l'ai constaté avec les enfants, qui ont de grandes capacités à surmonter les difficultés. C'est l'espoir qui guérit les maladies pas trop graves, et aide à guérir les plus graves. On doit garder l'espoir, mais c'est surtout transmettre l'espoir qui fait vivre ; transmettre l'espoir, c'est ce qui permet de garder l'espoir…

[Pour vous, que signifie l'expression « faire son chemin » ?]

C'est vaste, votre question ! Il faut beaucoup de temps pour y répondre… Voulez-vous me répéter la question ? […] Faire son chemin, c'est d'abord faire son propre chemin, car tout le monde ne fait pas le même chemin. Chacun suit un chemin qu'il n'a pas prévu ; chacun doit s'adapter. Ce n'est pas la peine de construire son chemin car il ne sera pas tel que vous l'avez imaginé ; il faut le laisser venir. Vous savez, mon chemin a été très chaotique, mais j'ai toujours pu le dominer.

[Et vous, qu'espérez-vous ?]

Je n'ose pas trop vous dire tant cela vous paraîtrait invraisemblable ! Alors, je préfère garder ça pour moi, rire avec moi-même pour agrémenter ma solitude. *(Silence.)*
Voulez-vous me répéter la question ? […] C'est l'humour qui sauve, et l'espoir qui fait tenir debout.

qui marche entre le désespoir et l'espoir • celui qui marche entre le désespoir et l'espoir • celui qui marche entre entre le désespoir et l'espoir • celui qui marche entre entre le désespoir et l'espoir • celui **Près du Désespoir.** désespoir et

KM3

KM11

i marche entre **Ingrandes.** et l'espoir • celui qui marche entre le désespoir et l'espoir • celui qui marche entre entre le désespoir et l'espoir • celui qui marche entre entre le désespoir et l'espoir • celui qui marche entre le désespoir et l'e

Km 11. **Armelle rénove depuis vingt-cinq ans un château fort avec son mari,** désormais très malade. Elle aime recevoir des visiteurs et leur raconter l'histoire du château et de sa rénovation. C'est l'œuvre de leur vie.
Dans son bureau, le matin. Meubles anciens. Presse-papiers. Photos encadrées.

[Pour vous, que signifie l'expression « faire son chemin » ?]

Faire son chemin, c'est être deux. Faire les bons choix à deux. Les réaliser à deux. Et se réjouir du résultat ensemble.

[On dit que l'espoir fait vivre. Est-ce que c'est vrai ?]

Oui. Vous savez quand on réalise un chantier comme celui du château depuis vingt-cinq ans, cela ne peut pas se faire sans y croire, cela ne peut pas se faire sans espoir. Et puis, sans espoir, je crois que mon mari ne serait plus de ce monde. Non seulement il faut avoir de l'espoir, mais aussi il faut le donner. C'est comme ça qu'on reste vivant.

[Et vous, qu'espérez-vous ?]

Vivre. Nous voulons vivre. *(Silence.)* Oui, nous voulons vivre.

KM20

marche entre | **Vers Mérigny.** l'espoir • celui qui marche entre le désespoir et l'espoir • celui qui marche entre entre le désespoir et l'espoir • celui qui marche entre entre le désespoir et l'espoir • celui qui marche entre le désespoir et l'e

KM39

celui qui marche entre le désespoir et l'espoir • celui qui marche entre le désespoir et l'espoir • celui qui marche entre entre le désespoir et l'espoir • celui qui marche entre entre le désespoir et l'espoir • celui qui marche entre le désespoir et l'e

Km 44. **Après avoir été infirmière toute sa vie, Claude se fait dorloter dans une station thermale de la Vienne.** Elle y suit une cure dans l'espoir d'apaiser ses irritations cutanées. Régulièrement, elle boit l'eau des fontaines et profite des soins dispensés par le personnel de l'établissement thermal. Avec son mari, elle a loué un petit meublé pour les trois semaines de sa cure.
Sur un banc, à côté d'une fontaine d'eau minérale. Eau bue à la fontaine. Gloriette sur la place. Programme des animations.

[Pour vous, que signifie l'expression
« faire son chemin » ?]

C'est faire quelque chose d'utile dans sa vie. Je crois que le mien est fait, parce que j'étais infirmière. Alors j'espère bien avoir fait mon chemin ! Maintenant, je suis en retraite, alors… à mes enfants de faire leur chemin, et à mes petits-enfants aussi ! Je fais ce que je peux pour les aider, mais qu'ils se débrouillent un peu aussi !

[On dit que l'espoir fait vivre.
Est-ce que c'est vrai ?]

Oui, c'est vrai. C'est comme les miracles de Lourdes : les gens qui y croient arrivent à faire des tas de choses. Un jour, mon mari a eu l'idée de construire un orgue de Barbarie. Eh bien, il a fait un stage et depuis, il l'a construit son orgue de Barbarie ! Ça veut dire que si l'on veut, on peut ; et si l'on espère, on arrive à faire ce que l'on veut.

[Et vous,
qu'espérez-vous ?]

J'espère que cela ne va plus me démanger comme ça ; ce psoriasis qui gratte, qui gratte, qui gratte, c'est affreux. À défaut de perdre le psoriasis, j'espère perdre la démangeaison. Voilà ce que j'espère.

La Roche-Posay : l'hippodrome. KM50

Km 58. **Marcelline habite la Vienne depuis toujours.** Aurore partage sa vie entre la Vienne et la Belgique. Elles ont l'habitude de se retrouver toutes les deux dans la forêt, pour marcher en discutant.
Dans une forêt de chênes, au bord d'un chemin de terre. Ni vent ni soleil. Si calme.

[Pour vous, que signifie l'expression « faire son chemin » ?]

– C'est faire le chemin de la vie, non ?
– Oui, c'est le sens figuré de ce que l'on faisait dans le temps, à l'époque où l'on marchait, quand on allait partout à pied puisqu'il n'y avait pas de voitures. Alors on faisait son chemin pendant des heures, et toujours à pied. C'était ça, faire son chemin.

[On dit que l'espoir fait vivre. Est-ce que c'est vrai ?]

Oui, si l'on n'a pas d'espoir, on n'avance pas. C'est l'espoir qui fait avancer. L'espoir, c'est le nerf de la vie !

[Et vous, qu'espérez-vous ?]

– Moi, j'espère finir mes vieux jours tranquille, en bonne santé pour pouvoir marcher le plus longtemps possible… (*Rires.*) Et puis me débrouiller seule.
– Nous qui arrivons à la troisième partie de notre vie, il ne faut pas que l'on s'ennuie. L'ennui est un mot que je ne connais pas. On peut randonner, jardiner ; il y a tant à faire ! C'est ça aussi, l'espoir. Quant au désespoir, il n'y a aucun danger. Pas pour moi ! (*Silence.*) Vous entendez les vaches, là ? […] Oui, effectivement, c'est sans rapport avec l'espoir ! (*Rires.*)

Les trois questions posées aux oiseaux.
En route.

[Pour vous, que signifie l'expression
« faire son chemin » ?]

… Chant des oiseaux…

[On dit que l'espoir fait vivre.
Est-ce que c'est vrai ?]

… Chant des oiseaux…

[Et vous,
qu'espérez-vous ?]

… Chant des oiseaux…

KM55 Près de la vallée de la Creuse, vers Lésigny.

Km 77. Philippe et Pierre sont des pèlerins de Saint-Jacques-de-Compostelle. Philippe est parti de Paris il y a quinze jours ; c'est un habitué du chemin, dont il a déjà parcouru toutes les branches. Pierre est un jeune pèlerin. Il a déjà suivi le chemin en groupe. Parti de Tours il y a trois jours, il est confronté, pour la première fois, à sa solitude. Philippe et Pierre prendront le chemin ensemble, au matin.
Le soir, à table. Terrine maison. De la viande au dîner. Du vin, mais pas trop.

[Pour vous, que signifie l'expression « faire son chemin » ?]

– *(Silence.)* Je suis persuadé que le chemin de chacun est déjà tracé. Faire son chemin, c'est donc suivre des balises, parfois difficiles à identifier. On fait son chemin en allant d'un endroit à un autre, mais ces points sont prédéterminés. *(Silence.)*
– Pour moi, c'est apprendre à se découvrir soi-même, se fixer des objectifs, les atteindre, et essayer d'aller toujours plus loin. Dépasser ses limites.

[On dit que l'espoir fait vivre. Est-ce que c'est vrai ?]

– Sans aucun doute. Celui qui n'a pas d'espoir s'enferme lui-même dans le pot au noir ; il tourne en rond sans jamais voir la lumière. L'espoir, c'est aller vers la lumière. *(Silence.)*
– L'espoir, c'est la vie ; sans espoir…
–… Sans espoir, autant se suicider tout de suite !

[Et vous, qu'espérez-vous ?]

– Pour ma part, mon avenir est derrière moi. Ce que j'espère simplement, c'est m'affranchir des contraintes et prendre du plaisir à vivre, profiter de ce que la vie apporte, que ce soit agréable ou pas, parce qu'avec le recul tout devient joie. *(Silence.)*
– Ce que je voudrais, c'est me connaître mieux, dans ma tête, dans mon corps, pour savoir, moi qui suis jeune, ce que je vais faire de ma vie. J'espère trouver des réponses. Je me pose beaucoup de questions ; j'aimerais trouver des réponses.

Dangé-Saint-Romain. Le pont. **KM78**

KM100

i marche entre le désespoir et l'espoir • celui qui marche entre le désespoir et l'espoir • celui qui marche entre entre le désespoir et l'espoir • celui qui marche entre entre le désespoir et l'espoir • celui qui marche entre le désespoir et l'e

celui qui marche entre le désespoir et l'espoir • celui qui marche entre le désespoir et l'espoir • celui qui marche entre entre le désespoir et l'espoir • celui qui marche entre entre le désespoir et l'espoir • Richelieu. Les halles.

KM112

**KM115** Richelieu. En gare. • celui qui marche entre le désespoir et l'espoir • celui qui marche entre entre le désespoir et l'espoir • celui qui marche entre entre le désespoir et l'espoir • celui qui marche entre entre le désespoir et l'e

ui marche entre le désespoir et l'espoir • celui qui marche entre le désespoir et l'espoir • celui qui marche entre **Vers Champigny-sur-Veude.** celui qui marche entre entre le désespoir et l'espoir • celui qui marche entre le désespoir et l

KM120

KM132

ui marche entre **Vers Lémeré.** l'espoir • celui qui marche entre le désespoir et l'espoir • celui qui marche entre entre le désespoir et l'espoir • celui qui marche entre entre le désespoir et l'espoir • celui qui marche entre entre le désespoir et l'espoir • celui qui marche entre le désespoir et l'e

celui qui marche entre le désespoir et l'espoir • celui qui marche entre le désespoir et l'espoir • celui qui marche entre entre le désespoir et l'espoir • celui qui marche entre entre le désespoir et l'espoir Parc du château du Rivau.

KM135

KM150 La Vienne, vers Chinon. celui qui marche entre le désespoir et l'espoir • celui qui marche entre entre le désespoir et l'espoir • celui qui marche entre entre le désespoir et l'espoir • celui qui marche entre entre le désespoir et l'espoir • celui qui marche entre le désespoir et l'e

Km 165. Jeanne vient de s'acheter une petite maison. Après avoir travaillé toute sa vie dans le milieu du marché de l'art contemporain, elle compte partager sa nouvelle vie de retraitée entre les Pays de Loire et Paris. Jeanne est célibataire, elle n'a pas d'enfants. Elle est libre. Devant sa voiture, au bord de la Loire, face au village qu'elle a choisi. Pierre de tuffeau. Flots lisses de la Loire en crue. Soleil.

[Pour vous, que signifie l'expression « faire son chemin » ?]

Ce n'est pas pour moi une histoire de géographie. C'est plutôt en rapport avec la vie, avec la direction que l'on souhaite lui donner.

[On dit que l'espoir fait vivre. Est-ce que c'est vrai ?]

Oui, cela doit être vrai. Quand on n'est pas bien, on essaie de se raccrocher à quelque chose, évidemment. Faute de mieux…

[Et vous, qu'espérez-vous ?]

J'espère profiter de ma retraite. Bon, je vais être égoïste, et même cynique mais voici les faits : je n'ai plus de parents ; je n'ai pas de mari, pas d'enfants ; je n'ai plus de patron. Une amie a eu une profonde dépression en arrivant à l'âge de la retraite, j'étais donc un peu angoissée. Mais, en réalité, je trouve ça formidable d'être totalement libre, avec pour seules contraintes celles que je me suis fixées. Je suis libre. Mon seul désir, c'est de profiter de ma liberté.

Km 179. **Marianne tient des chambres d'hôtes au bord de la Loire.** Elle y vit avec son compagnon et son fils. Marianne parle peu d'elle-même. Elle cultive son potager, entretient son jardin, ramasse des plantes médicinales au bord du fleuve ; elle fait à manger pour les visiteurs de passage, aime bien se coucher tard et rester seule le soir à la maison. Le soir, autour d'une bouteille de vin de Loire, dans la maison au bord du fleuve. Légumes du jardin. Premiers moustiques. Citronnelle.

[Pour vous, que signifie l'expression « faire son chemin » ?]

(Silence.) Ça veut dire arriver à un certain statut. Faire sa vie au niveau matériel, financier, sentimental, amoureux. C'est construire quelque chose et être heureux.

[On dit que l'espoir fait vivre. Est-ce que c'est vrai ?]

(Silence.) C'est ce qu'on dit… C'est vrai qu'il faut marcher pour avancer. C'est tout bête, et c'est aussi très compliqué. Quant au désespoir, il peut aussi amener une certaine combativité… ou un abattement…

[Et vous, qu'espérez-vous ?]

(Silence.) L'espoir peut être trompeur, aussi. Il faut se méfier d'un espoir qui ferait accepter n'importe quel présent. Cela dépend où l'on place son espoir, et comment il est reçu. En même temps, c'est difficile de vivre sans espoir… C'est mon frère qui m'a dit ça cet hiver. Si tu veux avancer, vas marcher. Tu vas voir, tu vas avancer. Tu vas voir, ça va marcher. *(Silence.)* Et vous au fait, et vous, qu'espérez-vous ?

entre le désespoir et l'espoir • celui qui marche entre le désespoir et l'espoir • celui qui marche entre entre le désespoir et l'espoir • celui qui marche entre **Vers la centrale nucléaire, après Chinon.** entre le désespoir

KM162

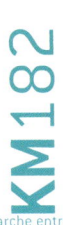

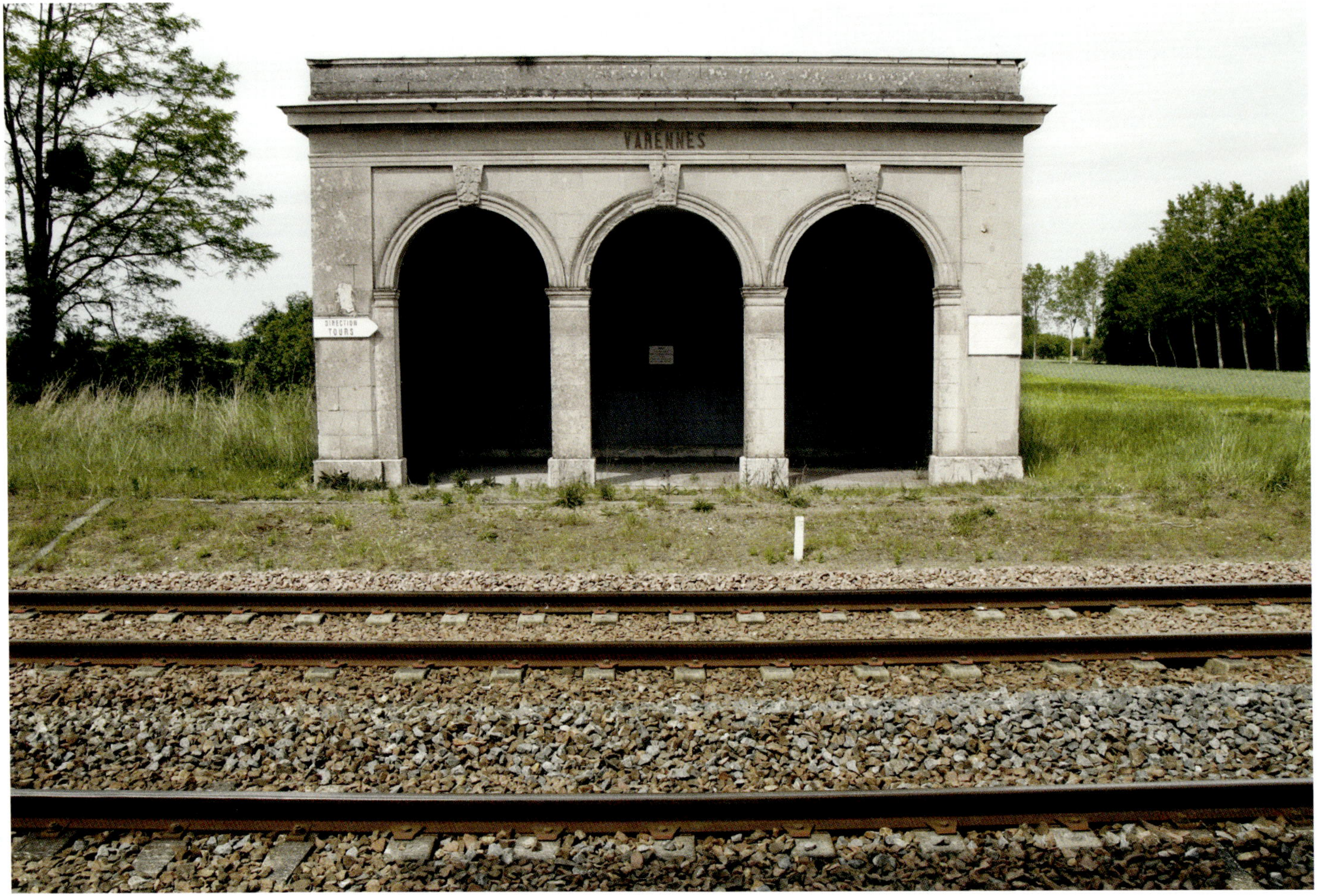

KM 182

ui marche entre **Varennes-sur-Loire. La gare.** qui marche entre le désespoir et l'espoir • celui qui marche entre entre le désespoir et l'espoir • celui qui marche entre entre le désespoir et l'espoir • celui qui marche entre le désespoir et l'e

TOURING-CLUB DE FRANCE

PANORAMA
←

qui marche entre le désespoir et l'espoir • celui qui marche entre le désespoir et l'espoir • celui qui marche entre entre le désespoir et l'espoir • celui qui marche entre entre le désespoir et   Chênehutte-Trèves-Cunault.   désespoir et l'

KM197

KM201   La Loire.   et l'espoir • celui qui marche entre le désespoir et l'espoir • celui qui marche entre entre le désespoir et l'espoir • celui qui marche entre entre le désespoir et l'espoir • celui qui marche entre le désespoir et l'es

qui marche entre le désespoir et l'espoir • celui qui marche entre le désespoir et l'espoir • celui qui marche entre entre le désespoir et l'espoir • celui qui marche entre entre le désespoir **Bords de Loire. Le fauteuil de Marcel.** désespoir et l

KM209

Km 210. **Marcel vit en bord de Loire où il vient pêcher régulièrement.** C'est sa passion, son passe-temps. Il parle du niveau du fleuve, de sa chute dans l'eau l'automne dernier, de ses prises.
Au bord de l'eau, sous un saule, assis sur son pliant. Ombre. Insectes.

[Pour vous, que signifie l'expression « faire son chemin » ?]

Faire son chemin ? C'en est une question ! Il faut suivre la vie comme elle vient, laisser la vie suivre son cours, et savoir saisir les occasions qui passent. Quant aux aléas, on passe par-dessus !

[On dit que l'espoir fait vivre. Est-ce que c'est vrai ?]

Il ne nous reste plus que ça, l'espoir !
Moi, c'est l'espoir qui m'amène ici, au bord de l'eau, pour pêcher. J'espère trouver du poisson, et puis en même temps il y a des idées qui se promènent dans ma tête, et puis le fleuve qui coule. Pour le reste, on va pas... hein ! Il faut vivre au jour le jour, dans l'espoir que... hein !

[Et vous, qu'espérez-vous ?]

Que ça morde ! Pour revenir avec des mulets ou des anguilles. Que voulez-vous que je vous dise ? C'est ça que j'attends : que ça morde !

celui qui marche entre le désespoir et l'espoir • celui qui marche entre le désespoir et l'espoir • celui qui marche entre entre le désespoir et l'espoir • celui qui marche entre le désespoir et l'espoir • celui qui marche entre le désespoir et l'

KM210

KM216

celui qui marche entre le désespoir et l'espoir • celui qui marche entre le désespoir et l'espoir • celui qui marche entre entre le désespoir et l'espoir • celui qui marche entre entre le désespoir et l'espoir • celui qui marche entre le désespoir et l'es

Km 225. **Paulette et René habitent une maison entourée d'un jardin plein de fleurs.** Ce jardin dont ils s'occupent eux-mêmes… Mais ils vont devoir se séparer de leur maison car leur santé se détériore : ne pouvant plus conduire, il faut qu'ils se rapprochent de la ville. Cette idée les angoisse.
Dans leur jardin, sous la tonnelle. Seringa. Glycine. Vigne vierge.

[Pour vous, que signifie l'expression « faire son chemin » ?]

– Faire son chemin ? Pour moi, c'est mener sa vie à sa guise.
– Qu'est-ce que tu dis ?

[On dit que l'espoir fait vivre. Est-ce que c'est vrai ?]

– Sans doute, oui.
– Si on n'a pas d'objectif, ce n'est pas facile de vivre, on s'ennuie. Moi, par exemple, avant-hier, je me suis dit que j'allais tondre la pelouse, et je l'ai fait. Si je ne l'avais pas fait, j'aurais été déçu !

[Et vous, qu'espérez-vous ?]

– On espère trouver une maison en ville avec un bout de jardin. Comment pourrions-nous vivre sans jardin ? *(Silence.)*
– Vous savez, on a beaucoup espéré. Mais on a eu aussi du désespoir. Mes enfants ont toujours été pour moi la chose la plus précieuse. Le désespoir, c'est d'en avoir perdu un à 25 ans sans jamais savoir ce qu'il a eu. Et l'espoir, c'est d'avoir encore trois enfants et neuf petits-enfants de 8 à 26 ans. *(Silence.)*
– On avait quatre enfants. On en a plus que trois. Ils ont chacun trois enfants.

Km 228. **Jean-Pierre et Cathy ont tout abandonné pour se consacrer à l'accueil des visiteurs dans leur maison d'hôtes.** Ils sont jeunes, et n'évoquent jamais leur vie d'avant. Ils sont très soucieux de la manière dont ils reçoivent leurs visiteurs, à qui ils ont dédié la moitié de leur maison.
Le matin, dans la cuisine. Plateau de légumes. Corbeille de fruits. Au frais, le fromage.

[Pour vous, que signifie l'expression « faire son chemin » ?]

– *(Silence.)* Faire son chemin, c'est avoir un but dans la vie, cheminer vers et atteindre des objectifs.
– Mais il y a des obstacles, car il n'y a pas de chemin tout droit. Cela serait trop beau si le chemin était tout droit et, en même temps, cela serait ennuyeux. Quant à la ligne droite, même si vous la tracez, elle n'est en réalité jamais droite. Une ligne droite, ça n'existe pas.

[On dit que l'espoir fait vivre. Est-ce que c'est vrai ?]

– Oui. Si on n'avait pas d'espoir, quel qu'il soit, on ne vivrait pas. Les obstacles font partie du chemin ; et Dieu sait s'il y en a ! *(Rires.)*
– On espère beaucoup, mais il faut du temps, pour tout... Et l'espoir ne suffit pas.

[Et vous, qu'espérez-vous ?]

– Ah ! Tous les jours ça change ! On aimerait d'abord faire une bonne saison, qu'il n'y ait pas l'obstacle d'avoir à se séparer de notre maison. Si ça ne marchait pas, il faudrait se séparer de tout ce qu'on a fait.
– Et puis on voudrait arriver un jour à la retraite en bonne santé, et une bonne situation pour nos enfants. Et puis nous voulons être bien dans notre tête.
– On espère y arriver ! Ce qui compte, c'est nous et notre famille. Le voisin n'a qu'à espérer, lui aussi ! *(Rires.)*
– Si nous échouons, ce n'est pas trop grave. Ce qui compte, c'est nos enfants. Nous vivons pour nos enfants.

ui marche entre le désespoir et l'espoir • celui qui marche entre le désespoir et l'espoir • celui qui marche entre entre le désespoir et l'espoir • celui qui marche entre le désespoir et l'espoir • celui qui marche entre entre le désespoir et l'

KM220

L'Espoir. Km 250. Françoise et Gilles habitent l'Espoir depuis trente-cinq ans. Ils cultivent des céréales et élèvent des bovins. La ferme est constituée de plusieurs parcelles et d'un étang où Gilles venait pêcher autrefois. Gilles exploite les terres. Françoise héberge des enfants « abîmés par la vie ». Elle en a accueilli plus de deux cents, pour quelques mois ou quelques années. Elle n'a quitté le département qu'une seule fois et n'envisage pas de voyager plus tard. C'est Françoise qui parle. Gilles reste silencieux.
Le matin, dans la cour de la ferme. Soleil dans les yeux. Où faire une photo ? Tout près, les vaches.

[Pour vous, que signifie l'expression « faire son chemin » ?]

J'aurais dû y réfléchir avant ! *(Silence.)* Il y a plusieurs étapes sur mon chemin : de la naissance à l'adolescence, puis le chemin vers la rencontre avec mon mari. C'est là que j'ai commencé à faire mon chemin car avant ma vie était très difficile. Le chemin a vraiment commencé quand on a fondé une famille ici, avec mon mari et mes enfants, ma famille.

[On dit que l'espoir fait vivre. Est-ce que c'est vrai ?]

Surtout chez nous ! Puisque l'Espoir, que nous habitons depuis trente-cinq ans, est notre outil de travail. Oui, l'Espoir fait vivre !

[Et vous, qu'espérez-vous ?]

J'espère faire encore un bout de chemin avec mon mari, avec mes enfants, dans la paix et dans l'amour. Vous voyez, ce n'est pas compliqué. Bon, je crois que j'ai tout dit, là ! *(Rires.)*

marche entre le désespoir et l'espoir • celui qui marche entre le désespoir et l'espoir • celui   L'Espoir. Commune de Corzé (Maine-et-Loire). Larousse : « Espoir : état d'attente confiante. Sentiment qui porte à espérer. »   désespoir et l'e

KM250

© le cherche midi, 2008
23, rue du Cherche-Midi, 75006 Paris
Vous pouvez consulter notre catalogue général et l'annonce de nos prochaines parutions
sur notre site Internet : cherche-midi.com

Conception graphique : Corinne Liger
Photogravure : Atelier Édition
Imprimé en France par Pollina - L48454A
Dépôt légal : octobre 2008
N° d'édition : 1312
ISBN : 978-2-7491-1312-8